La maîtresse
en
maillot de bain

Collection Première Lecture, Éditions Nathan, 1996

Conforme à la loi n°49956 du 16 juillet 1949 sur les publications destinées à la jeunesse
ISBN : 209250761-3
N° éditeur : 10122102 - Dépôt légal : août 2005
Imprimé en France

Béatrice Rouer

La maîtresse en maillot de bain

Illustrations de Rosy

Nathan

Le vendredi,

avec la classe,

on va à la piscine.

La maîtresse

nous sépare

en deux groupes :

ceux qui savent nager,

dans le grand bain,

les autres,

dans le petit bassin.

Moi, je ne sais pas nager et,
du coup, je déteste
aller à la piscine.
L'eau me rentre partout,
dans le nez, dans les yeux,
dans les oreilles…
Et pendant que je flotte
comme un éléphant, là-bas,
dans le grand bassin, ma copine
Jennifer fait sa crâneuse
parce que, depuis les vacances,
elle sait nager.

Elle m'énerve. En plus, elle est avec Olivier, mon amoureux, et je ne sais pas ce qu'elle lui raconte. Peut-être qu'ils se disent des secrets contre moi ?
Ça vraiment, ça ne me plaît pas.

Un jour, j'ai pensé :
« Laetitia, tu es maligne.
Tu dois trouver une solution.
L'idéal, évidemment, serait
de ne plus aller à la piscine.
Mais comment faire ?
Ah, si elle pouvait être fermée…
C'est ça… fermée… »
Et, tout à coup, j'ai eu une idée,
une idée de génie !

Le soir, en rentrant chez moi,
je me suis enfermée
dans le séjour.
J'avais un coup de fil urgent
et secret à passer. J'ai composé
le numéro de l'école.
Driiing… driiing… !
La directrice a décroché.
Aussitôt, j'ai placé
un mouchoir
devant ma bouche
pour déguiser
ma voix.

Comme un gangster, dis donc !
Et j'ai dit :
– Allô ? Ici la dame
de la piscine. Je vous appelle
pour vous dire qu'on fait
des travaux. Alors, demain,
ce n'est pas la peine
que les enfants viennent.

Et j'ai raccroché. Ouf !

Le lendemain, je suis arrivée toute gaie, en pensant : « Ah ! ah ! ah ! Jennifer, aujourd'hui tu ne vas pas pouvoir faire ta maligne dans l'eau… »

En effet, la maîtresse a annoncé :
– La piscine est fermée aujourd'hui. Dommage…
À la place, nous ferons de la gymnastique.

J'étais ravie. Parce qu'en gym, je suis très forte. J'adore les roulades, et je réussis presque bien la roue et l'équilibre.

Bien sûr, je n'avais rien dit
à personne au sujet de la piscine.
Même pas à Olivier. Pourtant,
c'est mon amoureux. Mais il est
aussi le fils de la maîtresse, alors
vous comprenez bien qu'il y a
certaines choses qu'il vaut mieux
ne pas lui dire. De toute façon,
c'était mon secret.
Mais un secret si réussi
que j'ai décidé de recommencer.

La semaine suivante, je me suis enfermée encore une fois dans le séjour, et j'ai dit :

– Allô ? Ici la dame de la piscine de mon école. Je vous rappelle pour vous dire que les travaux ne sont pas finis...

Et j'ai raccroché.
C'était dans la poche :
cette fois-ci encore,
on aurait gym, et pas piscine !
Le lendemain, la maîtresse
est entrée comme d'habitude,
mais elle avait l'air contrarié.
Tout de suite, elle a dit :

– Les enfants, on a encore téléphoné pour dire que la piscine était fermée. Mais cette fois, madame la directrice a eu un doute. Elle a rappelé le maître nageur. Et figurez-vous, ce n'était pas vrai ! Quelqu'un a fait une blague... Donc, prenez vos maillots, nous partons !

Catastrophe ! J'avais raté mon coup ! Adieu les roulades et les roues, bonjour les éléphants flottants. La mort dans l'âme, je suis partie avec les autres.

Mais, ce jour-là,
il s'est passé quelque chose
de tout à fait extraordinaire.
Quand nous sommes arrivés
devant le petit bassin,
la maîtresse nous attendait.

Elle n'était pas en survêtement
comme d'habitude. Non !
Elle était en maillot de bain !

Un beau maillot décolleté,
rouge avec des cœurs jaune fluo.
Qu'est-ce qu'elle était belle !
Tout le monde la regardait
avec admiration. Elle a expliqué :
– Aujourd'hui, je me baigne
avec vous. Je crois
que vous êtes prêts à savoir nager.
Je vais vous aider.

Elle ne nous a pas fait mettre nos brassards, elle est descendue dans l'eau, et a proposé :
– Vas-y, Laetitia, à toi.

J'ai pris mon courage
à deux mains et j'ai foncé.
Miracle ! J'ai réussi à faire
deux brasses sans couler.

Du coup, j'ai recommencé.
Et j'ai fait quatre brasses.
La maîtresse m'a félicitée :
– Bravo, Laetitia, tu sais nager !

Je n'en revenais pas ! Olivier a fait une blague :

– Hé, Laetitia, ça y est, tu n'es plus un éléphant flottant…

Il a ajouté en riant :

– Tu barbotes comme un canard.

Le canard l'a poussé dans l'eau, et il a bu la tasse. Mais ça ne fait rien, il riait comme une baleine !

Je suis rentrée très fière à l'école.
Maintenant que je savais nager,
ça changeait tout ! Ça me plaisait
de venir à la piscine.
J'ai dit à Olivier :
– Vivement vendredi prochain,
qu'on y retourne…

Mais le vendredi, en arrivant,
la maîtresse avait encore
l'air contrarié.

Elle a déclaré :
– Pas de chance, les enfants, nous n'irons pas à la piscine aujourd'hui. Elle est fermée pour cause de travaux.

J'ai crié sans réfléchir :
– Mais ça n'est pas possible, vous vous trompez, je n'ai même pas téléphoné…

La maîtresse m'a regardée
d'un drôle d'air, et j'ai senti
que je devenais rouge,
toute rouge, aussi rouge
que son maillot de bain !

Béatrice Rouer

Quand j'étais enfant, j'avais un cousin qui détestait aller à la piscine. Un jour, il a eu l'idée (géniale ?) de téléphoner à l'école en se faisant passer pour le directeur de la piscine…
J'avais trouvé ça drôlement « gonflé » ! Bien des années plus tard, je m'en suis souvenu en écrivant *La maîtresse en maillot de bain*

Rosy

Petit, Rosy s'amuse à recopier les personnages de Walt Disney. Après un passage dans l'entreprise familiale de clouterie, il entre aux éditions Dupuis. Il écrit des scénarios et crée des personnages de B.D. Actuellement, il dessine pour la presse et l'édition et signe de temps en temps une campagne de publicité.

Découvre d'autres histoires dans la collection **nathanpoche** 6-8 ans

C'EST LA VIE !

▷ Retrouve les aventures de *Jennifer et Laetitia*

de Béatrice Rouer, illustrées par Rosy

Mon père, c'est le plus fort !

Les grandes **vacances**, c'est du sérieux ! Et les papas se décarcassent pour trouver de bonnes **idées**. Alors, le **Sahara** à dos de chameau ou le **pôle Nord** dans un igloo ? Jennifer et Laetitia vont avoir une drôle de **surprise** !

T'es plus ma copine !

Laetitia était la grande **amie** de **Jennifer**, mais c'était avant que Jennifer vienne à l'école avec des **lunettes** rouges. Laetitia voudrait tellement avoir d'aussi belles lunettes !

Et d'autres titres disponibles dans la collection **Première Lune** :

- *Pot de colle !*
- *Tête à poux*
- *Nulle en calcul !*
- *Le fils de la maîtresse*
- *C'est mon amoureux !*
- *Je le dirai à la mère !*
- *Le fantôme des oubliettes*
- *Le monstre, c'est mon frère !*
- *Panique et chasse d'eau*

Mademoiselle Zazie a-t-elle un zizi ?

de Thierry Lenain, illustré par Delphine Durand

Avant, pour Max, tout était simple : il y avait les **Avec-zizi** et les **Sans-zizi**. Mais Max a tout de suite repéré Zazie. Cette **fille**-là, elle fait tout comme les **garçons**. Pourtant, elle n'a pas de zizi ! À moins que…

Contes

Le Soleil a rencontré la Lune

de Sarah K., illustré par Christian Aubrun

Le **Soleil** est amoureux d'une bien jolie boule : la **Lune**. Pour la rencontrer, le Soleil doit l'approcher. Mais s'il l'approche, elle risque de fondre ! Alors, comment va-t-il faire pour lui déclarer son **amour** ?

HUMOUR

La Reine de l'écran

de Gudule, illustré par Joëlle Passeron

« J'ai enfin trouvé la **vedette** pour mon prochain film ! » m'a déclaré, dans la rue, un gros monsieur à l'accent américain. C'était le **célèbre** producteur de **cinéma**, Bob Swing ! Mon cœur s'est alors mis à battre…

▷ Série *Calamity Mamie*

de Arnaud Alméras, illustrée par Jean-Louis Besson

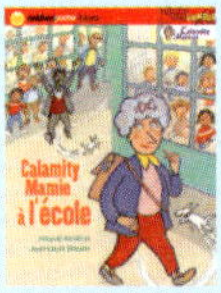

Calamity Mamie à l'école

Calamity Mamie accompagne Élise et Romain à l'**école**. En voulant attacher le **chien** d'Élise avec une laisse, celui-ci s'échappe. Pour le rattraper, Calamity Mamie lui court après dans toute l'école. Quelle **pagaille** !

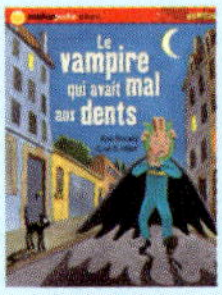

Le vampire qui avait mal aux dents

de Ann Rocard, illustré par Claude et Denise Millet

Pikadir le **vampire** a si **mal** aux dents qu'il ne peut plus boire de sang. Franchement, pour un vampire, il y a de quoi **rire** ! Pikadir survole la ville à la recherche d'un **dentiste**…